GRÖLS Verlage

„BÜCHER SIND WIE FALLSCHIRME. SIE NÜTZEN UNS NICHTS, WENN WIR SIE NICHT ÖFFNEN."

Gröls Verlag

Redaktionelle Hinweise und Impressum

Das vorliegende Werk wurde zugunsten der Authentizität sehr zurückhaltend bearbeitet. So wurden etwa ursprüngliche Rechtschreibfehler *nicht* systematisch behoben, denn kleine Unvollkommenheiten machen das Buch – wie im Übrigen den Menschen – erst authentisch. Mitunter wurden jedoch zum Beispiel Absätze behutsam neu getrennt, um den Lesefluss zu erleichtern.

Um die Texte zu rekonstruieren, werden antiquarische Bücher von Lesegeräten gescannt und dann durch eine Software lesbar gemacht. Der so entstandene Text wird von Menschen gegengelesen und korrigiert – hierbei treten auch Fehler auf. Wenn Sie ebenfalls antiquarische Texte einreichen möchten, finden Sie weitere Informationen auf www.groels.de

Viel Freude bei der Lektüre wünscht Ihnen das Team des Gröls-Verlags.

Adressen
Verleger: Sophia Gröls, Im Borngrund 26, 61440 Oberursel
Externer Dienstleister für Distribution & Herstellung: BoD, In de Tarpen 42, 22848 Norderstedt

Unsere „Edition | Kleine Klassiker“ versammelt über hundert unbestrittene Klassiker der Weltliteratur in einem ästhetisch anspruchsvollen und handlichen Format.

Die Gröls-Klassiker-Editionen gehören heute mit ungefähr tausend Werken zu den größten Sammlungen klassischer Literatur im deutschen Sprachraum. Wir kultivieren und kuratieren damit einen der wertvollsten Bereiche der abendländischen Kultur. Kleine Auswahl:

Francis Bacon • Neues Organon • **Balzac** • Glanz und Elend der Kurtisanen • **Joachim H. Campe** • Robinson der Jüngere • **Dante Alighieri** • Die Göttliche Komödie • **Daniel Defoe** • Robinson Crusoe • **Charles Dickens** • Oliver Twist • **Denis Diderot** • Jacques der Fatalist • **Fjodor Dostojewski** • Schuld und Sühne • **Arthur Conan Doyle** • Der Hund von Baskerville • **Elisabeth von Österreich** • Das Poetische Tagebuch • **Friedrich Engels** • Die Lage der arbeitenden Klasse • **Ludwig Feuerbach** • Das Wesen des Christentums • **Fitzgerald** • Zärtlich ist die Nacht • **Flaubert** • Madame Bovary • **Theodor Fontane** • Effi Briest • **Robert Musil** • Über die Dummheit • **Edgar Wallace** • Der Frosch mit der Maske • **Jakob Wassermann** • Der Fall Maurizius • **Oscar Wilde** • Das Bildnis des Dorian Grey •

Mark Twain • Huckleberry Finns Abenteuer und Fahrten • **Anton Tschechow** • Die Möwe • **Ludwig Tieck** • Der gestiefelte Kater • **Feuerbach** • Das Wesen des Christentums • **Fitzgerald** • Zärtlich ist die Nacht • **Flaubert** • Madame Bovary • **Theodor Fontane** • Effi Briest • **Robert Musil** • Über die Dummheit • **Edgar Wallace** • Der Frosch mit der Maske • **Jakob Wassermann** • Der Fall Maurizius • **Oscar Wilde** • Das Bildnis des Dorian Grey • **Mark Twain** • Huckleberry Finns Abenteuer und Fahrten • **Anton Tschechow** • Die Möwe • **Ludwig Tieck** • Der gestiefelte Kater • **Jonathan Swift** • Gullivers Reisen • **Robert Louis Stevenson** • Die Schatzinsel • **William Shakespeare** • Othello • **Arthur Schopenhauer** • Die Kunst, Recht zu behalten • **Felix Salten** • Bambi • **Platon** • Der Staat • **Arthur Schnitzler** • Traumnovelle • **Friedrich Schiller** • Wilhelm Tell • **Karl May** • Winnetou • **Franz Kafka** • Der Prozeß • Platon • Verteidigungsrede • **Jules Verne** • Reise nachdem Mittelpunkt der Erde • **Leo Tolstoi** • Auferstehung • **August Strindberg** • Inferno • **Julius Stinde** • Familie Buchholz • **Wilhelm Raabe** • Die schwarze Galeere • **Friedrich Nietzsche** • Götzendämmerung • **Gotthold Ephraim Lessing** • Emilia Galotti *und viele weitere Werke….*

Ludwig Tieck

Die Elfen

Kapitel 1

„Wo ist denn die Marie, unser Kind?“ fragte der Vater.

„Sie spielt draußen auf dem grünen Platze“, antwortete die Mutter, „mit dem Sohne unsers Nachbars.“

„Daß sie sich nicht verlaufen“, sagte der Vater besorgt; „sie sind unbesonnen.“

Die Mutter sah nach den Kleinen und brachte ihnen ihr Vesperbrot. „Es ist heiß!“ sagte der Bursche, und das kleine Mädchen langte begierig nach den roten Kirschen. „Seid nur vorsichtig, Kinder“, sprach die Mutter, „lauft nicht zu weit vom Hause, oder in den Wald hinein, ich und der Vater gehn aufs Feld hinaus.“

Der junge Andres antwortete: „O sei ohne Sorge, denn vor dem Walde fürchten wir uns, wir bleiben hier beim Hause sitzen, wo Menschen in der Nähe sind.“

Die Mutter ging und kam bald mit dem Vater wieder heraus. Sie verschlossen ihre Wohnung und wandten sich nach dem Felde, um nach den Knechten und zugleich auf der Wiese nach der Heuernte zu sehn. Ihr Haus lag auf einer kleinen grünen

Anhöhe, von einem zierlichen Stakete umgeben, welches auch ihren Frucht- und Blumengarten umschloß; das Dorf zog sich etwas tiefer hinunter, und jenseit erhob sich das gräfliche Schloß. Martin hatte von der Herrschaft das große Gut gepachtet, und lebte mit seiner Frau und seinem einzigen Kinde vergnügt, denn er legte jährlich zurück, und hatte die Aussicht, durch Tätigkeit ein vermögender Mann zu werden, da der

Boden ergiebig war und der Graf ihn nicht drückte.

Indem er mit seiner Frau nach seinen Feldern ging, schaute er fröhlich um sich, und sagte: „Wie ist doch die Gegend hier so ganz anders, Brigitte, als diejenige, in der wir sonst wohnten. Hier ist es so grün, das ganze Dorf prangt von dichtgedrängten Obstbäumen, der Boden ist voll schöner Kräuter und Blumen, alle Häuser sind munter und reinlich, die Einwohner wohlhabend, ja mir dünkt, die Wälder hier sind schöner und der Himmel blauer, und so weit nur das Auge reicht, sieht man seine Lust und Freude an der freigebigen Natur."

„Sowie man nur", sagte Brigitte, „dort jenseit des Flusses ist, so befindet man sich wie auf einer andern Erde, alles so traurig und dürr; jeder Reisende behauptet aber auch, daß unser Dorf weit und breit in der Runde das schönste sei.“

„Bis auf jenen Tannengrund“, erwiderte der Mann; „schau einmal dorthin zurück, wie schwarz und traurig der abgelegene Fleck in der ganzen heitern Umgebung liegt; hinter den dunkeln Tannenbäumen die rauchige Hütte, die verfallenen Ställe, der schwermütig vorüberfließende Bach.“

„Es ist wahr“, sagte die Frau, indem beide stillstanden, „sooft man sich jenem Platze nur nähert, wird man traurig und beängstigt, man weiß selbst nicht warum. Wer nur die Menschen eigentlich sein mögen, die dort wohnen, und warum sie sich doch nur so von allen in der Gemeinde entfernt halten, als wenn sie kein gutes Gewissen hätten.“

„Armes Gesindel“, erwiderte der junge Pachter, „dem Anschein nach

Zigeunervolk, die in der Ferne rauben und betrügen, und hier vielleicht ihren Schlupfwinkel haben. Mich wundert nur, daß die gnädige Herrschaft sie duldet."

„Es können auch wohl", sagte die Frau weichmütig, „arme Leute sein, die sich ihrer Armut schämen, denn man kann ihnen doch eben nichts Böses nachsagen; nur ist es bedenklich, daß sie sich nicht zur Kirche halten, und man auch eigentlich nicht weiß, wovon sie leben, denn der kleine Garten, der noch dazu ganz wüst zu liegen scheint, kann sie unmöglich ernähren, und Felder haben sie nicht."

„Weiß der liebe Gott", fuhr Martin fort, indem sie weitergingen, „was sie treiben mögen; kommt doch auch kein Mensch zu ihnen, denn der Ort, wo sie wohnen, ist ja wie verbannt und verhext, so daß sich auch die vorwitzigsten Bursche nicht hingetrauen."

Dieses Gespräch setzten sie fort, indem sie sich in das Feld wandten. Jene finstre Gegend, von welcher sie sprachen, lag abseits vorn Dorfe. In einer Vertiefung, welche Tannen umgaben, zeigte sich eine Hütte und verschiedene fast zertrümmerte Wirtschaftsgebäude, nur selten sah man Rauch dort aufsteigen, noch seltner wurde man Menschen gewahr;

jezuweilen hatten Neugierige, die sich etwas näher gewagt, auf der Bank vor der Hütte einige abscheuliche Weiber in zerlumptem Anzuge wahrgenommen, auf deren Schoß ebenso häßliche und schmutzige Kinder sich wälzten; schwarze Hunde liefen vor dem Reviere, in Abendstunden ging wohl ein ungeheurer Mann, den niemand kannte, über den Steg des Baches und verlor sich in die Hütte hinein; dann sah man in der Finsternis sich verschiedene Gestalten, wie Schatten um ein ländliches Feuer bewegen. Dieser Grund, die Tannen und die verfallene Hütte machten wirklich in der heitern grünen Landschaft, gegen die weißen Häuser des Dorfes und gegen das prächtige neue Schloß, den sonderbarsten Abstich.

Die beiden Kinder hatten jetzt die Früchte verzehrt; sie verfielen darauf, in die Wette zu laufen, und die kleine behende Marie gewann dem langsameren Andres immer den Vorsprung ab. „So ist es keine Kunst!“ rief endlich dieser aus, „aber laß es uns einmal in die Weite versuchen, dann wollen wir sehen, wer gewinnt!“ „Wie du willst“, sagte die Kleine, „nur nach dem Strome dürfen wir nicht laufen.“ „Nein“, erwiderte Andres, „aber dort auf jenem Hügel steht der große Birnbaum, eine Viertelstunde von hier, ich laufe hier links um den

Tannengrund vorbei, du kannst rechts in das Feld hineinrennen, daß wir nicht eher als oben wieder zusammenkommen, so sehen wir dann, wer der Beste ist."

„Gut", sagte Marie, und fing schon an zu laufen, „so hindern wir uns auch nicht auf demselben Wege, und der Vater sagt ja, es sei zum Hügel hinauf gleich weit, ob man diesseits, ob man jenseits der Zigeunerwohnung geht."

Andres war schon vorangesprungen und Marie, die sich rechts wandte, sah ihn nicht mehr. „Er ist eigentlich dumm“, sagte sie zu sich selbst, „denn ich dürfte nur den Mut fassen, über den Steg, bei der Hütte vorbei, und drüben wieder über den Hof hinaus zu laufen, so käme ich gewiß viel früher an.“ Schon stand sie vor dem Bache und dem Tannenhügel. „Soll ich? Nein, es ist doch zu schrecklich“, sagte sie. Ein kleines weißes

Hündchen stand jenseit und bellte aus Leibeskräften. Im Erschrecken kam das Tier ihr wie ein Ungeheuer vor, und sie sprang zurück. „O weh!“ sagte sie, „nun ist der Bengel weit voraus, weil ich hier steh und überlege.“ Das Hündchen bellte immerfort, und da sie es genauer betrachtete, kam es ihr nicht mehr fürchterlich, sondern im Gegenteil ganz allerliebst vor: es hatte ein rotes Halsband um, mit einer glänzenden

Schelle, und sowie es den Kopf hob und sich im Bellen schüttelte, erklang die Schelle äußerst lieblich. „Ei! es will nur gewagt sein!“ rief die kleine Marie, „ich renne was ich kann, und bin schnell, schnell jenseit wieder hinaus, sie können mich doch eben nicht gleich von der Erde weg auffressen!“ Somit sprang das muntere mutige Kind auf den Steg, rasch an den kleinen Hund vorüber, der still ward und sich an ihr schmeichelte, und nun stand sie im Grunde, und rundumher verdeckten die schwarzen Tannen die Aussicht nach ihrem elterlichen Hause und der übrigen Landschaft.

Aber wie war sie verwundert. Der bunteste, fröhlichste Blumengarten umgab sie, in welchem Tulpen, Rosen und Lilien mit den herrlichsten Farben leuchteten, blaue und goldrote Schmetterlinge wiegten sich in den Blüten, in Käfigen aus glänzendem Draht hingen an den

Spalieren vielfarbige Vögel, die herrliche Lieder sangen, und Kinder in weißen kurzen Röckchen, mit gelockten gelben Haaren und hellen Augen, sprangen umher, einige spielten mit kleinen Lämmern, andere fütterten die Vögel, oder sammelten Blumen und schenkten sie einander, andere wieder aßen Kirschen, Weintrauben und rötliche Aprikosen. Keine Hütte war zu sehn, aber wohl stand ein großes schönes Haus mit eherner Tür und erhabenem Bildwerk leuchtend in der Mitte des Raumes. Marie war vor Erstaunen außer sich und wußte sich nicht zu finden; da sie aber nicht blöde war, ging sie gleich zum ersten Kinde, reichte ihm die Hand und bot ihm guten Tag. „Kommst du uns auch einmal zu besuchen?“ sagte das glänzende Kind; „ich habe dich draußen rennen und springen sehn, aber vor unserm Hündchen hast du dich gefürchtet.“ –

„So seid ihr wohl keine Zigeuner und Spitzbuben“, sagte Marie, „wie Andres immer spricht? O freilich ist der nur dumm, und redet viel in den Tag hinein.“ – „Bleib nur bei uns“, sagte die wunderbare Kleine, „es soll dir schon gefallen“ – „Aber wir laufen ja in die Wette.“ – „Zu ihm kommst du noch früh genug zurück. Da nimm, und iß!“ – Marie aß, und fand die Früchte so süß, wie sie noch keine geschmeckt hatte, und Andres, der

Wettlauf, und das Verbot ihrer Eltern waren gänzlich vergessen.

Eine große Frau in glänzendem Kleide trat herzu, und fragte nach dem fremden Kinde. „Schönste Dame“, sagte Marie, „von ohngefähr bin ich hereingelaufen, und da wollen sie mich hierbehalten.“ „Du weißt, Zerina“, sagte die Schöne, „daß es ihr nur kurze Zeit erlaubt ist, auch hättest du mich erst fragen sollen.“ „Ich dachte“, sagte das glänzende Kind,

„weil sie doch schon über die Brücke gelassen war, könnt ich es tun; auch haben wir sie ja oft im Felde laufen sehn, und du hast dich selber über ihr muntres Wesen gefreut; wird sie uns doch früh genug verlassen müssen."

„Nein, ich will hierbleiben", sagte die Fremde, „denn hier ist es schön, auch finde ich hier das beste Spielzeug und dazu Erdbeeren und Kirschen, draußen ist es nicht so herrlich."

Die goldbekleidete Frau entfernte sich lächelnd, und viele von den Kindern sprangen jetzt um die fröhliche Marie mit Lachen her, neckten sie und ermunterten sie zu Tänzen, andre brachten ihr Lämmer oder wunderbares Spielgerät, andre machten auf Instrumenten Musik und sangen dazu. Am liebsten aber hielt sie sich zu der Gespielin, die ihr zuerst entgegengegangen war, denn sie war die freundlichste und holdseligste von allen. Die kleine Marie rief ein Mal über das andre: „Ich will immer bei euch bleiben und ihr sollt meine Schwestern sein", worüber alle Kinder lachten und sie umarmten. „Jetzt wollen wir ein schönes Spiel machen", sagte Zerina. Sie lief eilig in den Palast und kam mit einem goldenen Schächtelchen zurück, in welchem sich glänzender Samenstaub befand. Sie faßte mit den kleinen Fingern, und streute einige Körner auf den grünen

Boden. Alsbald sah man das Gras wie in Wogen rauschen, und nach wenigen Augenblicken schlugen glänzende Rosengebüsche aus der Erde, wuchsen schnell empor und entfalteten sich plötzlich, indem der süßeste Wohlgeruch den Raum erfüllte. Auch Maria faßte von dem Staube, und als sie ihn ausgestreut hatte, tauchten weiße Lilien und die buntesten Nelken hervor. Auf einen Wink Zerinas verschwanden die

Blumen wieder und andre erschienen an ihrer Stelle. „Jetzt“, sagte Zerina, „mache dich auf etwas Größeres gefaßt.“ Sie legte zwei Pinienkörner in den Boden und stampfte sie heftig mit dem Fuße ein. Zwei grüne Sträucher standen vor ihnen. „Fasse dich fest mit mir“, sagte sie, und Maria schlang die Arme um den zarten Leib. Da fühlte sie sich emporgehoben, denn die Bäume wuchsen unter ihnen mit der größten Schnelligkeit; die hohen

Pinien bewegten sich und die beiden Kinder hielten sich hin und wider schwebend in den roten Abendwolken umarmt und küßten sich; die andern Kleinen kletterten mit behender Geschicklichkeit an den Stämmen der Bäume auf und nieder, und stießen und neckten sich, wenn sie sich begegneten, unter lautem Gelächter. Stürzte eins der Kinder im Gedränge hinunter, so flog es durch die Luft und senkte sich langsam und sicher zur Erde hinab. Endlich fürchtete sich Marie; die andre Kleine sang einige laute Töne, und die Bäume versenkten sich wieder ebenso allgemach in den Boden, und setzten sie nieder, als sie sich erst in die Wolken gehoben hatten.

Sie gingen durch die erzene Tür des Palastes. Da saßen viele schöne Frauen umher, ältere und junge, im runden Saal, sie genossen die lieblichsten Früchte, und eine herrliche unsichtbare Musik erklang. In der Wölbung der Decke waren Palmen, Blumen und Laubwerk gemalt, zwischen denen Kinderfiguren in den anmutigsten Stellungen kletterten und schaukelten; nach den Tönen der Musik verwandelten sich die Bildnisse und glühten in den brennendsten Farben; bald war das Grüne und Blaue wie helles Licht funkelnd, dann sank die Farbe erblassend zurück, der

Purpur flammte auf und das Gold entzündete sich; dann schienen die nackten Kinder in den Blumengewinden zu leben, und mit den rubinroten Lippen den Atem einzuziehn und auszuhauchen, so daß man wechselnd den Glanz der weißen Zähnchen wahrnahm, so wie das Aufleuchten der himmelblauen Augen.

Aus dem Saale führten eherne Stufen in ein großes unterirdisches

Gemach. Hier lag viel Gold und Silber, und Edelsteine von allen Farben funkelten dazwischen. Wundersame Gefäße standen an den Wänden umher, alle schienen mit Kostbarkeiten angefüllt. Das Gold war in mannigfaltigen Gestalten gearbeitet und schimmerte mit der freundlichsten Röte. Viele kleine Zwerge waren beschäftigt, die Stücke auseinanderzusuchen und sie in die Gefäße zu legen; andre, höckricht und krummbeinicht, mit langen roten Nasen, trugen schwer und vornübergebückt Säcke herein, so wie die Müller Getreide, und schütteten die Goldkörner keuchend auf dem Boden aus. Dann sprangen sie ungeschickt rechts und links, und griffen die rollenden Kugeln, die sich verlaufen wollten, und es geschah nicht selten, daß einer den andern im Eifer umstieß, so daß sie schwer und tölpisch zur Erde fielen. Sie machten verdrüßliche Gesichter und sahen scheel, als Marie über ihre Gebärden und Häßlichkeit lachte. Hinten saß ein alter eingeschrumpfter kleiner Mann, welchen Zerina ehrerbietig grüßte, und der nur mit ernstem Kopfnicken dankte. Er hielt ein Zepter in der Hand und trug eine Krone auf dem Haupte, alle übrigen Zwerge schienen ihn für ihren Herren anzuerkennen und seinen Winken zu gehorchen. „Was gibt's wieder?“

fragte er mürrisch, als die Kinder ihm etwas näher kamen. Marie schwieg furchtsam, aber ihre Gespielin antwortete, daß sie nur gekommen seien, sich in den Kammern umzuschauen. „Immer die alten Kindereien!“ sagte der Alte; „wird der Müßiggang nie aufhören?“ Darauf wandte er sich wieder an sein Geschäft und ließ die Goldstücke wägen und aussuchen; andre Zwerge schickte er fort, manchen schalt er zornig. „Wer ist der Herr?“ fragte Marie; „unser Metallfürst“, sagte die Kleine, indem sie weitergingen.

Kapitel 2

Sie schienen sich wieder im Freien zu befinden, denn sie standen an einem großen Teiche, aber doch schien keine Sonne, und sie sahen keinen Himmel über sich. Ein kleiner Nachen empfing sie, und Zerina ruderte sehr emsig. Die Fahrt ging schnell. Als sie in die Mitte des Teiches gekommen waren, sah Marie, daß tausend Röhren, Kanäle und Bäche sich aus dem kleinen See nach allen Richtungen verbreiteten. „Diese Wasser rechts“, sagte das glänzende Kind, „fließen unter euren Garten hinab, davon blüht dort alles so frisch; von hier kömmt man in den großen Strom hinunter.“ Plötzlich kamen aus allen Kanälen und aus dem See unendlich viele Kinder auftauchend angeschwommen, viele trugen Kränze von Schilf und Wasserlilien, andre hielten rote Korallenzacken, und wieder andre bliesen auf krummen Muscheln; ein verworrenes Getöse schallte lustig von den dunkeln Ufern wider; zwischen den Kleinen bewegten sich schwimmend die schönsten Frauen, und oft sprangen viele Kinder zu der einen oder der andern, und hingen ihnen mit Küssen um Hals und Nacken. Alle begrüßten die Fremde; zwischen diesem Getümmel hindurch fuhren sie aus dem See in einen kleinen Fluß hinein, der immer enger und enger ward. Endlich stand der Nachen. Man nahm Abschied und Zerina klopfte an den Felsen. Wie eine Tür tat sich dieser voneinander, und eine ganz rote weibliche Gestalt half ihnen aussteigen. „Geht es recht lustig zu?“ fragte Zerina. „Sie sind eben in Tätigkeit“, antwortete jene, „und so freudig, wie man sie nur sehn kann, aber die Wärme ist auch äußerst angenehm.“

Sie stiegen eine Wendeltreppe hinauf, und plötzlich sah sich Marie in dem glänzendsten Saal, so daß beim Eintreten ihre Augen vom hellen Lichte geblendet waren. Feuerrote Tapeten bedeckten mit Purpurglut die Wände, und als sich das Auge etwas gewöhnt hatte, sah sie zu ihrem Erstaunen, wie im Teppich sich

Figuren tanzend auf und nieder in der größten Freude bewegten, die so lieblich gebaut und von so schönen Verhältnissen waren, daß man nichts Anmutigeres sehn konnte; ihr Körper war wie von rötlichem Kristall, so daß es schien, als flösse und spielte in ihnen sichtbar das bewegte Blut. Sie lachten das fremde Kind an, und begrüßten es mit verschiedenen Beugungen; aber als Marie näher gehen wollte, hielt sie Zerina plötzlich mit Gewalt zurück, und rief: „Du verbrennst dich, Mariechen, denn alles ist Feuer!“

Marie fühlte die Hitze. „Warum kommen nur“, sagte sie, „die allerliebsten Kreaturen nicht zu uns heraus, und spielen mit uns?“ „Wie du in der Luft lebst“, sagte jene, „so müssen sie immer im Feuer bleiben, und würden hier draußen verschmachten. Sieh nur, wie ihnen wohl ist, wie sie lachen und kreischen;

jene dort unten verbreiten die Feuerflüsse von allen Seiten unter der Erde hin, davon wachsen nun die Blumen, die Früchte und der Wein; die roten Ströme gehn neben den Wasserbächen, und so sind die flammigen Wesen immer tätig und freudig. Aber dir ist es hier zu heiß, wir wollen wieder hinaus in den Garten gehn."

Hier hatte sich die Szene verwandelt. Der Mondschein lag auf allen Blumen, die Vögel waren still und die Kinder schliefen in mannigfaltigen Gruppen in den grünen Lauben. Marie und ihre Freundin fühlten aber keine Müdigkeit, sondern lustwandelten in der warmen Sommernacht unter vielerlei Gesprächen bis zum Morgen.

Als der Tag anbrach, erquickten sie sich an Früchten und Milch, und Marie sagte: „Laß uns doch zur Abwechselung einmal nach den

Tannen hinausgehn, wie es dort aussehen mag.“ „Gern“, sagte Zerina, „so kannst du auch zugleich dorten unsre Schildwachen besuchen, die dir gewiß gefallen werden, sie stehn oben auf dem Walle zwischen den Bäumen.“ Sie gingen durch die Blumengärten, durch anmutige Haine voller Nachtigallen, dann stiegen sie über Rebenhügel, und kamen endlich, nachdem sie lange den Windungen eines klaren Baches nachgefolgt waren, zu den Tannen und der Erhöhung, welche das Gebiet begrenzte. „Wie kommt es nur“, fragte Marie, „daß wir hier innerhalb so weit zu gehn haben, da doch draußen der Umkreis nur so klein ist?“ „Ich weiß nicht“, antwortete die Freundin, „wie es zugeht, aber es ist so.“ Sie stiegen zu den finstern Tannen hinauf, und ein kalter Wind wehte ihnen von draußen entgegen; ein Nebel schien weit umher auf der

Landschaft zu liegen. Oben standen wunderliche Gestalten, mit mehligen bestäubten Angesichtern, den widerlichen Häuptern der weißen Eulen nicht unähnlich; sie waren in faltigen Mänteln von zottiger Wolle gekleidet, und hielten Regenschirme von seltsamen Häuten ausgespannt über sich; mit Fledermausflügeln, die abenteuerlich neben dem Rockelor hervorstarrten, wehten und fächelten sie unablässig. „Ich möchte lachen und mir graut“, sagte Marie. „Diese sind unsre guten fleißigen Wächter“, sagte die kleine Gespielin, „sie stehen hier und wehen, damit jeden kalte Angst und wundersames Fürchten befällt, der sich uns nähern will; sie sind aber so bedeckt, weil es jetzt draußen regnet und friert, was sie nicht vertragen können. Hier unten kommt niemals Schnee und Wind, noch kalte Luft her, hier ist ein ewiger Sommer und Frühling, doch wenn die da oben nicht oft abgelöst würden, so vergingen sie gar."

„Aber wer seid ihr denn", fragte Marie, indem sie wieder in die Blumendüfte hinunterstiegen, „oder habt ihr keinen Namen, woran man euch erkennt?"

„Wir heißen Elfen", sagte das freundliche Kind, „man spricht auch wohl in der Welt von uns, wie ich gehört habe."

Sie hörten auf der Wiese ein großes Getümmel. „Der schöne Vogel ist angekommen!“ riefen ihnen die Kinder entgegen; alles eilte in den Saal. Sie sahen indem schon, wie jung und alt sich über die Schwelle drängte, alle jauchzten und von innen scholl eine jubilierende Musik heraus. Als sie hineingetreten waren, sahen sie die große Rundung von den mannigfaltigsten Gestalten angefüllt, und alle schauten nach einem großen

Vogel hinauf, der in der Kuppel mit glänzendem Gefieder langsam fliegend vielfache Kreise beschrieb. Die Musik klang fröhlicher als sonst, die Farben und Lichter wechselten schneller. Endlich schwieg die Musik, und der Vogel schwang sich rauschend auf eine glänzende Krone, die unter dem hohen Fenster schwebte, welches von oben die Wölbung erleuchtete. Sein Gefieder war purpurn und grün, durch welches sich die glänzendsten goldenen Streifen zogen, auf seinem Haupte bewegte sich ein Diadem von so helleuchtenden kleinen Federn, daß sie wie Edelgesteine blitzten. Der Schnabel war rot und die Beine glänzend blau. Wie er sich regte, schimmerten alle Farben durcheinander, und das Auge war entzückt. Seine Größe war die eines Adlers. Aber jetzt eröffnete er den leuchtenden Schnabel, und so süße

Melodie quoll aus seiner bewegten Brust, in schönern Tönen, als die der liebesbrünstigen Nachtigall; mächtiger zog der Gesang und goß sich wie Lichtstrahlen aus, so daß alle, bis auf die kleinsten Kinder selbst, vor Freuden und Entzückungen weinen mußten. Als er geendigt hatte, neigten sich alle vor ihm, er umflog wieder in Kreisen die Wölbung, schoß dann durch die Tür und schwang sich in den lichten Himmel, wo er oben bald nur noch wie ein roter Punkt erglänzte und sich den Augen dann schnell verlor.

„Warum seid ihr alle so in Freude?“ fragte Marie und neigte sich zum schönen Kinde, das ihr kleiner als gestern vorkam. „Der König kommt!“ sagte die Kleine, „den haben viele von uns noch gar nicht gesehn, und wo er sich hinwendet ist Glück und Fröhlichkeit; wir haben schon lange auf ihn gehofft, sehnlicher, als ihr nach langem Winter auf den Frühling wartet, und nun hat er durch diesen schönen Botschafter seine Ankunft melden lassen. Dieser herrliche und verständige Vogel, der im Dienst des Königes gesandt wird, heißt Phönix, er wohnt fern in Arabien auf einem Baum, der nur einmal in der Welt ist, so wie es auch keinen zweiten Phönix gibt. Wenn er sich alt fühlt, trägt er aus Balsam und Weihrauch ein Nest zusammen, zündet es an und verbrennt sich selbst, so stirbt er singend, und aus der duftenden Asche schwingt sich dann der verjüngte Phönix mit neuer Schönheit wieder auf. Selten nur nimmt er seinen Flug so, daß ihn die Menschen sehn, und geschieht es einmal in Jahrhunderten, so zeichnen sie es in ihre Denkbücher auf, und erwarten wundervolle Begebenheiten. Aber nun, meine Freundin, wirst du auch scheiden müssen, denn der Anblick des Königes ist dir nicht vergönnt."

Da wandelte die goldbekleidete schöne Frau durch das Gedränge, winkte Marien zu sich und ging mit ihr unter einen einsamen Laubengang; „du mußt uns verlassen, mein geliebtes Kind", sagte sie; „der König will auf zwanzig Jahr, und vielleicht auf länger, sein Hoflager hier halten, nun wird sich Fruchtbarkeit und Segen weit in die

Landschaft verbreiten, am meisten hier in der Nähe; alle Brunnen und Bäche werden ergiebiger, alle Äcker und Gärten reicher, der Wein edler, die Wiese fetter und der Wald frischer und grüner; mildere Luft weht, kein Hagel schadet, keine Überschwemmung droht. Nimm diesen Ring und gedenke unser, doch hüte dich, irgendwem von uns zu erzählen, sonst müssen wir diese Gegend fliehen, und alle umher, so wie du selbst, entbehren dann das Glück und die Segnung unsrer Nähe: noch einmal küsse deine Gespielin und lebe wohl.“ Sie traten heraus, Zerina weinte, Marie bückte sich, sie zu umarmen, sie trennten sich. Schon stand sie auf der schmalen Brücke, die kalte Luft wehte hinter ihr aus den Tannen, das Hündchen bellte auf das herzhafteste und ließ sein Glöckchen ertönen; sie sah zurück und eilte in das Freie, weil die Dunkelheit der

Tannen, die Schwärze der verfallenen Hütten, die dämmernden Schatten sie mit ängstlicher Furcht befielen.

„Wie werden sich meine Eltern meinethalb in dieser Nacht geängstigt haben!“ sagte sie zu sich selbst, als sie auf dem Felde stand, „und ich darf ihnen doch nicht erzählen, wo ich gewesen bin und was ich gesehn habe, auch würden sie mir nimmermehr glauben.“ Zwei Männer gingen an ihr vorüber, die sie grüßten, und sie hörte hinter sich sagen: „Das ist ein schönes Mädchen! Wo mag sie nur her sein?“ Mit eiligeren Schritten näherte sie sich dem elterlichen Hause, aber die Bäume, die gestern voller Früchte hingen, standen heute dürr und ohne Laub, das Haus war anders angestrichen, und eine neue Scheune daneben erbaut. Marie war in Verwunderung, und dachte, sie sei im Traum; in dieser Verwirrung öffnete sie die Tür des Hauses, und hinter dem Tische saß ihr Vater zwischen einer unbekannten Frau und einem fremden Jüngling. „Mein Gott, Vater!“ rief sie aus, „wo ist denn die Mutter?“ –“Die Mutter?“ sprach die Frau ahndend, und stürzte hervor; „ei, du bist doch wohl nicht – ja freilich, freilich bist du die verlorene, die totgeglaubte, die liebe einzige Marie!“ Sie hatte sie gleich an einem kleinen braunen Male unter dem Kinn, an den Augen und der Gestalt erkannt. Alle umarmten sie, alle waren freudig bewegt, und die Eltern vergossen Tränen. Marie verwundene sich, daß sie fast zum Vater hinaufreichte, sie begriff nicht, wie die Mutter so verändert und gealtert sein konnte, sie fragte nach dem Namen des jungen Menschen. „Es ist ja unsers Nachbars Andres", sagte Martin, „wie kommst du nur nach sieben langen Jahren so unvermutet wieder? wo bist du gewesen? Warum hast du denn gar nichts von dir hören lassen?" – „Sieben Jahr?" sagte Marie, und konnte sich in ihren Vorstellungen und Erinnerungen nicht wieder zurechtfinden; „sieben ganzer Jahre?" „Ja, ja", sagte Andres lachend, und schüttelte ihr treuherzig die Hand; „ich habe gewonnen, Mariechen, ich bin schon vor sieben Jahren an dem Birnbaum und wieder hieher zurück gewesen, und du Langsame, kommst nun heut erst an!"

Man fragte von neuem, man drang in sie, doch sie, des Verbotes eingedenk, konnte keine Antwort geben. Man legte ihr fast die Erzählung in den Mund, daß sie sich verirrt habe, auf einen vorbeifahrenden Wagen genommen, und an einen fremden Ort geführt sei, wo sie den Leuten den Wohnsitz ihrer Eltern nicht habe bezeichnen können; wie man sie nachher nach einer weit entlegenen Stadt gebracht habe, wo gute Menschen sie erzogen und geliebt; wie diese nun gestorben, und sie sich endlich wieder auf ihre Geburtsgegend besonnen, eine Gelegenheit zur Reise ergriffen habe und so zurückgekehrt sei. „Laßt alles gut sein", rief die Mutter; „genug, daß wir dich nur wiederhaben, mein Töchterchen, du meine Einzige, mein Alles!"

Andres blieb zum Abendbrot, und Marie konnte sich noch in nichts finden. Das Haus dünkte ihr klein und finster, sie verwunderte sich über ihre Tracht, die reinlich und einfach, aber ganz fremd erschien; sie betrachtete den Ring am Finger, dessen Gold wundersam glänzte und einen rot brennenden Stein künstlich einfaßte. Auf die Frage des Vaters antwortete sie, daß der Ring ebenfalls ein Geschenk ihrer Wohltäter sei.

Sie freute sich auf die Schlafenszeit, und eilte zur Ruhe. Am andern

Morgen fühlte sie sich besonnener, sie hatte ihre Vorstellungen mehr geordnet, und konnte den Leuten aus dem Dorfe, die alle sie zu begrüßen kamen, besser Red und Antwort geben. Andres war schon mit dem frühesten wieder da, und zeigte sich äußerst geschäftig, erfreut und dienstfertig. Das funfzehnjährige aufgeblühte Mädchen hatte ihm einen tiefen Eindruck gemacht, und die Nacht war ihm ohne Schlaf vergangen. Die Herrschaft ließ Marien auf das Schloß fordern, sie mußte hier wieder ihre Geschichte erzählen, die ihr nun schon geläufig geworden war; der alte Herr und die gnädige Frau bewunderten ihre gute Erziehung, denn sie war bescheiden, ohne verlegen zu sein, sie antwortete höflich und in guten Redensarten auf alle vorgelegten Fragen; die Furcht vor den vornehmen Menschen und ihrer Umgebung hatte sich bei ihr verloren, denn wenn sie diese Säle und Gestalten mit den Wundern und der hohen Schönheit maß, die sie bei den Elfen im heimlichen Aufenthalt gesehen hatte, so erschien ihr dieser irdische Glanz nur dunkel, die Gegenwart der Menschen fast geringe. Die jungen Herren waren vorzüglich über ihre Schönheit entzückt.

Es war im Februar. Die Bäume belaubten sich früher als je, so zeitig hatte sich die Nachtigall noch niemals eingestellt, der Frühling kam schöner in das Land, als ihn sich die ältesten Greise erinnern konnten. Allerorten taten sich Bächlein hervor und tränkten die Wiesen und Auen; die Hügel schienen zu wachsen, die Rebengeländer erhuben sich höher, die Obstbäume blühten wie niemals, und ein schwellender duftender Segen hing schwer in Blütenwolken über der Landschaft. Alles gedieh über Erwarten, kein rauher Tag, kein Sturm beschädigte die Frucht; der Wein quoll errötend in ungeheuern Trauben, und die Einwohner des Ortes staunten sich an, und waren wie in einem süßen Traum befangen. Das folgende Jahr war ebenso, aber man war schon an das Wundersame mehr gewöhnt. Im Herbst gab Marie den dringenden Bitten des Andres und ihrer Eltern nach: sie ward seine Braut und im Winter mit ihm verheiratet.

Kapitel 3

Oft dachte sie mit inniger Sehnsucht an ihren Aufenthalt hinter den Tannenbäumen zurück; sie blieb still und ernst. So schön auch alles war, was sie umgab, so kannte sie doch etwas noch Schöneres, wodurch eine leise Trauer ihr Wesen zu einer sanften Schwermut stimmte. Schmerzhaft traf es sie, wenn der Vater oder ihr Mann von den Zigeunern und Schelmen sprachen, die im finstern Grunde wohnten; oft wollte sie sie verteidigen, die sie als Wohltäter der Gegend kannte, vorzüglich gegen Andres, der eine Lust im eifrigen Schelten zu finden schien, aber sie zwang das Wort jedesmal in ihre Brust zurück. So verlebte sie das Jahr, und im folgenden ward sie durch eine junge Tochter erfreut, welche sie Elfriede nannte, indem sie dabei an den Namen der Elfen dachte.

Die jungen Leute wohnten mit Martin und Brigitte in demselben Hause, welches geräumig genug war, und halfen den Eltern die ausgebreitete Wirtschaft führen. Die kleine Elfriede zeigte bald besondere Fähigkeiten und Anlagen, denn sie lief sehr früh, und konnte alles sprechen, als sie noch kein Jahr alt war; nach einigen Jahren aber war sie so klug und sinnig, und von so wunderbarer Schönheit, daß alle Menschen sie mit

Erstaunen betrachteten, und ihre Mutter sich nicht der Meinung erwehren konnte, sie sehe jenen glänzenden Kindern im Tannengrunde ähnlich. Elfriede hielt sich nicht gern zu andern Kindern, sondern vermied bis zur Ängstlichkeit ihre geräuschvollen Spiele, und war am liebsten allein. Dann zog sie sich in eine Ecke des Gartens zurück, und las oder arbeitete eifrig am kleinen Nähzeuge; oft sah man sie auch wie tief in sich versunken sitzen, oder daß sie in Gängen heftig auf und nieder ging und mit sich selber sprach. Die beiden Eltern ließen sie gern gewähren, weil sie gesund war und gedieh, nur machten sie die seltsamen verständigen Antworten und Bemerkungen oft besorgt. „So kluge Kinder“, sagte die Großmutter Brigitte vielmals, „werden nicht alt, sie sind zu gut für diese Welt, auch ist das Kind über die Natur schön, und wird sich auf Erden nicht zurechtfinden können."

Die Kleine hatte die Eigenheit, daß sie sich höchst ungern bedienen ließ, alles wollte sie selber machen. Sie war fast die früheste auf im Hause, und wusch sich sorgfältig und kleidete sich selber an; ebenso sorgsam war sie am Abend, sie achtete sehr darauf, Kleider und Wäsche selbst einzupacken, und durchaus niemand, auch die Mutter nicht, über ihre

Sachen kommen zu lassen. Die Mutter sah ihr in diesem Eigensinne nach, weil sie sich nichts weiter dabei dachte, aber wie erstaunte sie, als sie sie an einem Feiertage, zu einem Besuch auf dem Schlosse, mit Gewalt umkleidete, sosehr sich auch die Kleine mit Geschrei und Tränen dagegen wehrte, und auf ihrer Brust an einem Faden hängend, ein Goldstück von seltsamer Form antraf, welches sie sogleich für eines von jenen erkannte, deren sie so viele in dem unterirdischen Gewölbe gesehn hatte. Die Kleine war sehr erschrocken, und gestand endlich, sie habe es im Garten gefunden, und da es ihr sehr wohlgefallen, habe sie es so emsig aufbewahrt; sie bat auch so dringend und herzlich, es ihr zu lassen, daß Marie es wieder auf derselben Stelle befestigte und voller Gedanken mit ihr stillschweigend zum Schlosse hinaufging.

Seitwärts vom Hause der Pachterfamilie lagen einige Wirtschaftsgebäude zur Aufbewahrung der Früchte und des Feldgerätes, und hinter diesen befand sich ein Grasplatz mit einer alten Laube, die aber kein Mensch jetzt besuchte, weil sie nach der neuen Einrichtung der Gebäude zu entfernt vom Garten war. In dieser Einsamkeit hielt sich Elfriede am liebsten auf, und es fiel niemanden ein, sie hier zu stören, so daß die Eltern oft in halben Tagen ihrer nicht ansichtig wurden. An einem Nachmittage befand sich die Mutter in den Gebäuden, um aufzuräumen und eine verlorene Sache wiederzufinden, als sie wahrnahm, daß durch eine Ritze der Mauer ein Lichtstrahl in das Gemach falle. Es kam ihr der Gedanke, hindurchzusehn, um ihr Kind zu beobachten, und es fand sich, daß ein locker gewordener Stein sich von der

Seite schieben ließ, wodurch sie den Blick gerade hinein in die Laube gewann. Elfriede saß drinnen auf einem Bänkchen, und neben ihr die wohlbekannte Zerina, und beide Kinder spielten und ergötzten sich in holdseliger Eintracht. Die Elfe umarmte das schöne Kind und sagte traurig: „Ach, du liebes Wesen, so wie mit dir habe ich schon mit deiner Mutter gespielt, als sie klein war und uns besuchte, aber ihr Menschen wachst zu bald auf und werdet so schnell groß und vernünftig; das ist recht betrübt: bliebest du doch so lange ein Kind, wie ich!“

„Gern tät ich dir den Gefallen“, sagte Elfriede, „aber sie meinen ja alle, ich würde bald zu Verstande kommen, und gar nicht mehr spielen, denn ich hätte rechte Anlagen, altklug zu werden. Ach! und dann seh ich dich auch nicht wieder, du liebes Zerinchen! Ja, es geht wie mit den

Baumblüten: wie herrlich der blühende Apfelbaum mit seinen rötlichen aufgequollenen Knospen! der Baum tut so groß und breit, und jedermann, der drunterweg geht, meint auch, es müsse recht was Besonderes werden; dann kommt die Sonne, die Blüte geht so leutselig auf, und da steckt schon der böse Kern drunter, der nachher den bunten Putz verdrängt und hinunterwirft; nun kann er sich geängstigt und aufwachsend nicht mehr helfen, er muß im Herbst zur Frucht werden. Wohl ist ein Apfel auch lieb und erfreulich, aber doch nichts gegen die Frühlingsblüte: so geht es mit uns Menschen auch; ich kann mich nicht darauf freuen, ein großes Mädchen zu werden. Ach, könnt ich euch doch nur einmal besuchen!“

„Seit der König bei uns wohnt“, sagte Zerina, „ist es ganz unmöglich, aber ich komme ja so oft zu dir,

Liebchen, und keiner sieht mich, keiner weiß es, weder hier noch dort; ungesehn geh ich durch die Luft, oder fliege als Vogel herüber; o wir wollen noch recht viel beisammen sein, solange du klein bist. Was kann ich dir nur zu Gefallen tun?“

„Recht lieb sollst du mich haben“, sagte Elfriede, „so lieb, wie ich dich in meinem Herzen trage; doch laß uns auch einmal wieder eine Rose machen.“

Zerina nahm das bekannte Schächtelchen aus dem Busen, warf zwei Körner hin, und plötzlich stand ein grünender Busch mit zweien hochroten Rosen vor ihnen, welche sich zueinanderneigten, und sich zu küssen schienen. Die Kinder brachen die Rosen lächelnd ab, und das Gebüsch war wieder verschwunden. „O müßte es nur nicht wieder so schnell sterben“, sagte Elfriede, „das rote Kind, das Wunder der Erde.“

„Gib!“ sagte die kleine Elfe, hauchte dreimal die aufknospende Rose an, und küßte sie dreimal; „nun“, sprach sie, indem sie die Blume zurückgab, „bleibt sie frisch und blühend bis zum Winter.“ „Ich will sie wie ein Bild von dir aufheben“, sagte Elfriede, „sie in meinem Kämmerchen wohl bewahren, und sie morgens und abends küssen, als wenn du es wärst.“ „Die Sonne geht schon unter“, sagte jene, „ich muß jetzt nach Hause.“ Sie umarmten sich noch einmal, dann war Zerina verschwunden.

Am Abend nahm Marie ihr Kind mit einem Gefühl von Beängstigung und Ehrfurcht in die Arme; sie ließ dem holden Mädchen nun noch mehr Freiheit als sonst, und beruhigte oft ihren Gatten, wenn er, um das Kind aufzusuchen, kam, was er seit einiger Zeit wohl tat, weil ihm ihre Zurückgezogenheit nicht gefiel, und er fürchtete, sie könne darüber einfältig, oder gar unklug werden. Die Mutter schlich öfter nach der Spalte der Mauer, und fast immer fand sie die kleine glänzende Elfe neben ihrem Kinde sitzen, mit Spielen beschäftigt, oder in ernsthaften Gesprächen. „Möchtest du fliegen können?“ fragte Zerina einmal ihre Freundin. „Wie gerne!“ rief Elfriede aus. Sogleich umfaßte die Fee die Sterbliche, und schwebte mit ihr vom Boden empor, so daß sie zur Höhe der Laube stiegen.

Die besorgte Mutter vergaß ihre Vorsicht, und lehnte sich erschreckend mit dem Kopfe hinaus, um ihnen nachzusehn; da erhob aus der Luft Zerina den Finger und drohte lächelnd, ließ sich mit dem Kinde wieder nieder, herzte sie, und war verschwunden. Es geschah nachher noch öfter, daß Marie von dem wunderbaren Kinde gesehen wurde, welches jedesmal mit dem Kopfe schüttelte oder drohte, aber mit freundlicher Gebärde.

Oftmals schon hatte bei vorgefallenem Streite Marie im Eifer zu ihrem Manne gesagt: „Du tust den armen Leuten in der Hütte Unrecht!" Wenn Andres dann in sie drang, ihm zu erklären, warum sie der Meinung aller Leute im Dorfe, ja der Herrschaft selber entgegen sei und es besser wissen wolle, brach sie ab, und schwieg verlegen. Heftiger als je ward

Andres eines Tages nach Tische und behauptete, das Gesindel müsse als landesverderblich durchaus fortgeschafft werden; da rief sie im Unwillen aus: „Schweig, denn sie sind deine und unser aller Wohltäter!" „Wohltäter?" fragte Andres erstaunt; „die Landstreicher?" In ihrem Zorne ließ sie sich verleiten, ihm unter dem Versprechen der tiefsten Verschwiegenheit die Geschichte ihrer Jugend zu erzählen, und da er bei jedem ihrer Worte ungläubiger wurde und verhöhnend den Kopf schüttelte, nahm sie ihn bei der Hand und führte ihn in das Gemach, von wo er zu seinem Erstaunen die leuchtende Elfe mit seinem Kinde in der Laube spielen, und es liebkosen sah. Er wußte kein Wort zu sagen; ein Ausruf der Verwunderung entfuhr ihm, und Zerina erhob den Blick. Sie wurde plötzlich bleich und zitterte heftig, nicht freundlich, sondern mit zorniger Miene machte sie die drohende Gebärde, und sagte dann zu Elfrieden: „Du kannst nichts dafür, geliebtes Herz, aber sie werden niemals klug, so verständig sie sich auch dünken.“ Sie umarmte die Kleine mit stürmender Eil, und flog dann als Rabe mit heiserem Geschrei über den Garten hinweg, den Tannenbäumen zu.

Am Abend war die Kleine sehr still und küßte weinend die Rose, Marien war ängstlich zu Sinne, Andres sprach wenig. Es wurde Nacht. Plötzlich rauschten die Bäume, Vögel flogen mit ängstlichem Geschrei umher, man hörte den Donner rollen, die Erde zitterte und Klagetöne winselten in der Luft. Marie und Andres hatten nicht den Mut aufzustehn; sie hüllten sich in die Decken und erwarteten mit Furcht und Zittern den Tag. Gegen Morgen ward es ruhiger, und alles war still, als die Sonne mit ihrem Lichte über den Wald hervordrang.

Andres kleidete sich an, und Marie bemerkte, daß der Stein des Ringes an ihrem Finger verblaßt war. Als sie die Tür öffneten, schien ihnen die Sonne klar entgegen, aber die Landschaft umher kannten sie kaum wieder. Die Frische des Waldes war verschwunden, die Hügel hatten sich gesenkt, die Bäche flossen matt mit wenigem Wasser, der Himmel schien grau, und als man den Blick nach den Tannen hinüberwandte, standen sie nicht finstrer oder trauriger da, als die übrigen Bäume; die Hütten hinter ihnen hatten nichts Abschreckendes, und mehrere Einwohner des Dorfes kamen und erzählten von der seltsamen Nacht, und daß sie über den Hof gegangen seien, wo die Zigeuner gewohnt, die wohl fortgegangen sein müßten, weil die Hütten leer ständen, und im Innern ganz gewöhnlich wie die Wohnungen andrer armen Leute aussähen; einiges vom Hausrat wäre zurückgeblieben. Elfriede sagte zu ihrer Mutter heimlich: „Als ich in der Nacht nicht schlafen konnte, und in der Angst bei dem Getümmel von Herzen betete, da öffnete sich plötzlich meine Tür, und herein trat meine Gespielin, um Abschied von mir zu nehmen. Sie hatte eine Reisetasche um, einen Hut auf ihren Kopf, und einen großen

Wanderstab in der Hand. Sie war sehr böse auf dich, weil sie deinetwegen nun die größten und schmerzhaftesten Strafen aushalten müsse, da sie dich doch immer so geliebt habe; denn alle, so wie sie sagte, verließen nur sehr ungern diese Gegend."

Marie verbot ihr, davon zu sprechen, und indem kam auch der Fährmann vom Strome herüber, welcher Wunderdinge erzählte. Mit einbrechender Nacht war ein großer fremder Mann zu ihm gekommen, welcher ihm bis zu Sonnenaufgang die Fähre abgemietet habe, doch mit dem Bedingnis, daß er sich still zu Hause halten und schlafen, wenigstens nicht aus der Tür treten solle. „Ich fürchtete mich“, fuhr der Alte fort, „aber der seltsame Handel ließ mich nicht schlafen. Sacht schlich ich mich ans Fenster und schaute nach dem Strome. Große Wolken trieben unruhig durch den Himmel und die fernen Wälder rauschten bange; es war als wenn meine Hütte bebte und Klagen und Winseln um das Haus schlich. Da sah ich plötzlich ein weißströmendes Licht, das breiter und immer breiter wurde, wie viele tausend niedergefallene Sterne, funkelnd und wogend bewegte es sich von dem finstern Tannengrunde her, zog über das Feld, und verbreitete sich nach dem Flusse hin. Da hörte ich ein Trappeln, ein Klirren, ein Flüstern und Säuseln näher und näher; es ging nach meiner Fähre hin, hinein stiegen alle, große und kleine leuchtende Gestalten, Männer und Frauen, wie es schien, und Kinder, und der große fremde Mann fuhr sie alle hinüber; im Strome schwammen neben dem Fahrzeuge viel tausend helle Gebilde, in der Luft flatterten Lichter und weiße Nebel, und alles klagte und jammerte, daß sie so weit, weit reisen müßten, aus der geliebten angewöhnten Gegend fort. Der Ruderschlag und das Wasser rauschten dazwischen, und dann war wieder plötzlich eine Stille. Oft stieß die Fähre an, und kam zurück und ward von neuem beladen, auch viele schwere Gefäße nahmen sie mit, die gräßliche kleine Gesellen trugen und rollten; waren es Teufel, waren es Kobolde, ich weiß es nicht. Dann kam im wogenden Glanz ein stattlicher

Zug. Ein Greis schien es, auf einem weißen kleinen Rosse, um den sich alles drängte; ich sah aber nur den Kopf des Pferdes, denn es war über und über mit kostbaren glänzenden Decken verhangen; auf dem Haupt trug der Alte eine Krone, so daß ich dachte, als er hinübergefahren, die Sonne wolle von dorten aufgehn, und das Morgenrot funkle mir entgegen. So währte es die ganze Nacht; ich schlief endlich in dem Gewirre ein, zum Teil in Freude, zum Teil in Schauder. Am Morgen war alles ruhig, aber der Fluß ist wie weggelaufen, so daß ich Not haben werde mein Fahrzeug zu regieren.“

Noch in demselben Jahre war ein Mißwachs, die Wälder starben ab, die Quellen vertrockneten, und dieselbe Gegend, die sonst die Freude jedes Durchreisenden gewesen war, stand im Herbst verödet, nackt und kahl, und zeigte kaum hie und da noch im

Meere von Sand ein Plätzchen, wo Gras mit fahlem Grün emporwuchs. Die Obstbäume gingen alle aus, die Weinberge verdarben, und der Anblick der Landschaft war so traurig, daß der Graf im folgenden Jahre mit seiner Familie das Schloß verließ, welches nachher verfiel und zur Ruine wurde.

Elfriede betrachtete Tag und Nacht mit der größten Sehnsucht ihre Rose und gedachte ihrer Gespielin, und so wie die Blume sich neigte und welkte, so senkte sie auch das Köpfchen, und war schon vor dem Frühlinge verschmachtet. Marie stand oft auf dem Platze vor der Hütte und beweinte das entschwundene Glück. Sie verzehrte sich, wie ihr Kind, und folgte ihm in einigen Jahren. Der alte Martin zog mit seinem Schwiegersohne nach der Gegend, in der er vormals gelebt hatte.